Milder Nachtwind strich über das Gras und die Blumen. Im Teich am Rande des Außengeheges spiegelte sich der Mond.

Dort, wo die Affen untertags turnten und spielten, war es still um diese Zeit.

In dieser klaren Sommernacht war der Himmel übersät mit Sternen. Zwischen ihnen tauchte ein schimmernder Lichtpunkt auf, der sich Richtung Erde bewegte. Man hätte ihn für eine Sternschnuppe halten können, aber er verglühte nicht, sondern schwebte langsam immer weiter herab.

Im Gebäude, das an ihr Außengehege grenzte, schliefen die Schimpansen. Bei Sonnenuntergang zogen sie sich hierher zurück und verkrochen sich in Nestern, die sie aus Stroh und Holzwolle angefertigt hatten. Manche Affen wollten allein schlafen, andere kuschelten sich gern zusammen.

So spät in der Nacht war im Haus nur ab und zu ein verschlafenes Grunzen oder Schmatzen zu hören.

Geräuschlos glitt das Schiebetor zum Außengehege auf. Licht fiel durch die Öffnung und zeichnete ein helles Rechteck auf den Boden.

Von draußen blickte jemand in den Raum, in dem für die Schimpansen aus Brettern, abgesägten Baumstämmen und Seilen ein kleines Kletterparadies errichtet worden war. Sie verbrachten hier die Nächte oder zogen sich bei Regen und Kälte dorthin zurück.

Da lagen sie also.

Durch ihre Träume geisterten auch heute noch Erinnerungen, Bilder und Gefühle von damals. Viele Jahre waren seit der schrecklichen Zeit vergangen.

Sie hatten ein neues Zuhause gefunden und all die Liebe und Betreuung, die sie verdienten. Tief in ihnen aber saß immer noch ein Schmerz, der für sie fast selbstverständlich geworden war.

War es möglich, diesen Schmerz jemals loszuwerden?

Was mussten sie dafür tun?

Was mussten sie sich wünschen, um Frieden zu finden?

Moritz lag zusammengerollt an seinem Lieblingsplatz unter einem hölzernen Kletterpodest. In der Hand hielt er einen kleinen Rosmarinzweig, den er, wie jeden Abend, im Kräuterbeet der Anlage gepflückt und zu seinem Schlafplatz mitgenommen hatte.

Die kühle Nachtluft kitzelte ihn an den Nasenlöchern. Schlaftrunken blinzelte er.

Das offene Tor erschreckte ihn.

In der Nacht blieb es doch immer geschlossen.

Türen und Tore jagten Moritz Angst ein. Es war eine Angst, die aus seinem früheren Leben kam.

Sie war nie ganz verschwunden ...

Früher hatte Moritz gekreischt, wenn das Tor des Affenhauses am Morgen geöffnet wurde. Die Frauen, die den Schimpansen das Futter brachten, redeten dann beruhigend auf ihn ein. Sie sangen auch für ihn. Oder sie pfiffen eine Melodie.

Es hatte lange gedauert, bis sich Moritz das erste Mal hinaus auf die Wiese gewagt hatte.

Bisher war es immer hell gewesen, wenn das Tor mit leisem Surren aufging. Außerdem war Moritz gewohnt, das Singen oder Pfeifen der Pflegerinnen zu hören. Furchtsam drückte er sich tiefer in die Ecke und spähte aus dem Versteck.

In dem bleichen Rechteck, das das Mondlicht auf den Boden malte, tauchte der Schatten eines Wesens auf, das auf zwei Beinen stand.

Ein Mensch.

Ein Mensch kam von draußen.

Immer fester presste sich Moritz gegen die Wand.

Der Mensch ging leicht schwankend. Seine Arme waren lang.

Er neigte sich vor und schritt auf allen vieren.

Das war kein Mensch.

Das Wesen sah aus wie Moritz.

Wieso war dieser Artgenosse noch draußen gewesen? Das Tor wurde doch immer erst geschlossen, wenn alle Schimpansen im Haus waren.

Der Schatten kam näher.

In der Öffnung des Tores erschien ein Affe.

Sein Fell war seidig.

Und weiß.

Strahlend weiß.

Einen solchen Schimpansen hatte Moritz noch nie gesehen. Sein eigenes Fell war dunkelbraun, bei anderen war es heller, bei wenigen fast schwarz. Langsam kam der geheimnisvolle Affe in das Gehege und blickte in die Richtung, in der Moritz' Versteck lag.

Das Weiß des Schimpansen erinnerte an frisch gefallenen Schnee in der Morgensonne. Der nächtliche Besucher schnalzte mit den Lippen und winkte mit der Hand. Ohne Eile verließ er das Gehege wieder und ging nach draußen. Sollte Moritz mitkommen?

Die anderen Schimpansen im Haus schliefen tief und fest.

Moritz war vorsichtig und scheu gegenüber Menschen. Dort aber ging ein Wesen, das war wie er. Nur weiß. Moritz' Neugierde war größer als seine Angst. Deshalb folgte er ihm.

Der weiße Schimpanse hockte in der Wiese und deutete um sich.

»Eine herrliche Nacht, findest du nicht auch?«

»Was bist du für einer?«, wollte Moritz wissen.

Der weiße Schimpanse schritt auf allen vieren zu dem Beet mit den Blumen und Kräutern, wo Moritz jeden Abend den Rosmarin holte. Genießerisch sog er den Duft der Pflanzen ein.

»Ich bin der weiße Schimpanse.«

»Das sehe ich«, sagte Moritz. »Aber woher kommst du?«

Ein ausgestreckter Zeigefinger wurde zum Himmel gerichtet.

»Von dort oben?« Moritz konnte es nicht glauben.

»Du hast mich jetzt genug gefragt«, sagte der weiße Schimpanse. »Nun bin ich an der Reihe.« Er beugte sich vor. »Was wünschst du dir?«

»Wünschen? Was ist wünschen?«, fragte Moritz.

»Ein wahrer Wunsch ist der Gedanke an etwas, das dir Freude macht.«

Moritz blickte den weißen Schimpansen ratlos an.

»Ich weiß von einem Wunsch, der in euch allen steckt. Ich bin gekommen, um ihn zu erfüllen. Dazu aber müsst ihr ihn mir nennen können.«

Was soll das für ein Wunsch sein?«, wunderte sich Moritz. »Das musst du mir sagen. Ist dir niemals der Gedanke gekommen: Ich hätte gern ...?«

Vielleicht, dachte Moritz, vielleicht früher. Damals, in der Koje.

Damals! Aber damals kannte er nichts, was ihm Freude hätte machen können. Er dachte, es gäbe nichts anderes als den kleinen Käfig und die Wesen mit den weißen Anzügen, den Masken und den dicken Handschuhen. Auf einmal war die Angst wieder da. Moritz atmete schwer. Er begann auf der Stelle zu wippen und wimmerte kläglich. Der weiße Schimpanse kam sofort zu ihm und legte seine langen Finger beruhigend auf Moritz' Hand.

»Das wollte ich nicht.«

Behutsam streichelte er über die kahlen Stellen auf Moritz' Unterarm. Weil Moritz nicht aufhören konnte zu zittern, umarmte ihn der weiße Schimpanse und drückte ihn sanft.

Das tat gut. Moritz seufzte. Tiefe Ruhe breitete sich in ihm aus.

Als Moritz die Augen öffnete, war der Tag bereits angebrochen. Er lag in seiner vertrauten Schlafecke. Schnell kletterte er heraus und sah zum Tor. Es war geschlossen.

Suchend drehte sich Moritz im Kreis. Die anderen Schimpansen erwachten gerade. Der weiße Schimpanse aber war verschwunden. Wie jeden Morgen stand das Futter für sie schon bereit. Es gab Bananen und Äpfel. Die Pflegerin wartete auf der anderen Seite des Innengeheges und grüßte jeden Schimpansen durch die Glaswand mit seinem Namen. Sie wünschte einen guten Morgen und einen schönen Tag und sah ihnen beim Fressen zu.

Helena, die sich gern als Anführerin der ganzen Gruppe aufspielte, setzte sich vor die Scheibe und grinste die Pflegerin an. Wenn die Pfleger einmal auf den morgendlichen Gruß vergaßen, konnte sie den ganzen Tag über missmutig bleiben. Manchmal warf sie dann mit Spielzeug oder Futterresten nach ihnen. Das Tor zum Außengehege öffnete sich mit einem vertrauten Surren und die Pflegerin pfiff eine Melodie. Moritz lief als Erster ins Freie, was er sonst nie tat.

Vor ihm erstreckte sich der große Garten mit den liegenden Stämmen, auf denen die Affen klettern konnten. Es gab auch kleine Plattformen, auf denen die Schimpansen saßen oder schliefen. An diesem Tag kletterte Moritz nicht zu seinem Lieblingssitz, sondern wanderte an der Mauer der Anlage entlang. Später besah er sich das Gelände von oben.

Der weiße Schimpanse war nirgends zu entdecken.

Moritz zog sich zum Kräuterbeet zurück und naschte von den Blättern. War der weiße Schimpanse tatsächlich in der Nacht hier gewesen? Oder war er wie eines der schrecklichen Bilder gewesen, die Moritz manchmal im Schlaf sah? Sie verschwanden sofort, wenn er aufwachte. Die Unruhe aber blieb noch eine Weile. Jemand berührte Moritz am Rücken. Erschrocken sprang er auf und drehte sich um.

Hinter ihm saß Helena, die sich wieder einmal angeschlichen hatte. Sie kreischte vor Vergnügen.

Helena liebte es, Moritz zu erschrecken. Wenn sie mit einem Finger nur leicht über seine Schulter strich, bekam er Gänsehaut. Sie tat es mehrere Male am Tag, was ihn wütend machen konnte. Wollte er dann auf sie losgehen, bleckte sie die Zähne und zeigte, wer hier das Sagen hatte.

Helena war weder die größte noch die stärkste Schimpansin der Gruppe. Trotzdem wurde sie von allen respektiert. Gab es beim Futter eine Rangelei, so schlichtete sie jeden Streit, indem sie die anderen auseinandertrieb und sich vor dem Futter wie eine Hüterin aufbaute. Ohne rempeln und stoßen durften die hungrigen Affen dann kommen, um sich etwas zu fressen zu holen.

Am Ende des Tages schnatterte Moritz immer wieder schimpfend in Helenas Richtung, was ihr heimlich Spaß bereitete.

Als sich Helena in eine Ecke des Geheges zurückzog, war Gogo sofort bei ihr. Er fuhr mit den Fingern durch das Fell auf ihrem Rücken und suchte nach kleinen Insekten. Helena genoss es, auf diese Weise gekrault zu werden.

Schließlich legte sie sich auf die Seite und Gogo drängte sich an ihren Bauch. Er war der Kleinste der Schimpansen und schlief fast immer bei ihr.

Helena erwachte, als sie eine Berührung an ihrer Schulter spürte. Sie wollte weiterschlafen, doch das Tippen wurde ungeduldiger und heftiger. Sie gab einen ungehaltenen Laut von sich und drehte den Kopf nach hinten.

Wer immer das war, konnte was erleben.

Es war der weiße Schimpanse. Überrascht richtete sich Helena auf. Gogo rutschte von ihr weg, schlief aber weiter.

Helena fletschte die Zähne, was den weißen Schimpansen wenig beeindruckte. Er winkte ihr mitzukommen und schritt auf allen vieren hinaus ins Freie. Das offene Tor verwunderte Helena genauso wie Moritz in der Nacht davor. Weil sie aber die Kontrolle behalten wollte, folgte sie dem weißen Artgenossen. Sie würde ihm zeigen, wer hier die Anführerin war. Notfalls würde sie es ihn fühlen lassen.

Es war eine mondhelle Nacht. Der weiße Schimpanse hockte sich an den Teich und tauchte eine Hand ins Wasser.

Mit energischen Schritten kam Helena auf ihn zu. Da zog er die Hand aus dem Wasser und spritzte sie an. Helena schnappte voller Empörung nach Luft.

»Ganz ruhig«, sagte der weiße Schimpanse. »Ich bin gekommen, um euch ein Geschenk zu machen.«

Diese Ankündigung verwirrte Helena.

»Was ist ein Geschenk?«

Ein Geschenk ist etwas, das Freude bringt. Ein wahres Geschenk zeigt dir: Ich sehe dich, so wie du bist.«

Diese Worte verwirrten Helena noch mehr.

»Welches Geschenk machst du uns?«, wollte sie wissen. »Vielleicht Wassermelonen?« Helena liebte Wassermelonen.

Der weiße Schimpanse schmunzelte. »Nein, ich muss dich enttäuschen. Es ist ein Geschenk für euch alle.«

Helena wurde ungeduldig. »Sag endlich, was das sein soll.«

»Das kann ich nicht. Ihr müsst es mir sagen. Euren Wunsch kann ich nur erfüllen, wenn ihr ihn mir nennt.«

Zorn stieg in Helena auf. Der weiße Schimpanse bemerkte es.

»Hast du dir je Freiheit gewünscht?«, fragte er.

Was war das, Freiheit? Helena hatte das Wort schon gehört, aber sie wusste nicht genau, was es bedeutete.

»Früher warst du gefangen und nicht frei«, erinnerte sie der weiße Schimpanse.

Helena begann
zu verstehen.

Früher hatte sie allein auf einem Ast in einem kahlen Raum gehockt und vor sich hin gestarrt. Der Boden ihres Käfigs bestand aus Gitterstäben. Das Metall war kalt und tat weh, wenn sie auftrat.

Damals hatte sie entdeckt, wie viel Zorn in ihr steckte. Es gab einen Mann und eine Frau, die weiße Anzüge und eine durchsichtige Scheibe vor ihren Gesichtern getragen hatten. Die beiden brachten niemals Futter, sondern hatten sie nur beobachtet.

Wenn Helena an sie dachte, spürte sie wieder die Stelle an ihrem Arm, in die sie oft von diesen Menschen gestochen worden war. Nach diesem Stich war es schwarz um Helena geworden. Als sie aufwachte, hatte sie oft große Schmerzen.

Auch wenn sie manchmal so tat, als gingen ihr die anderen Affen auf den Geist, wollte sie nie wieder allein sein. Es war viel schöner, einander zu necken. Sie mochte es, wenn Gogo so nah bei ihr lag.

Der weiße Schimpanse riss sie aus ihren Gedanken. Noch immer fühlte Helena die Wut und Verzweiflung von damals.

»Es wird euch gelingen, euren Wunsch zu erkennen«, sagte er. »Ich komme wieder.«

Er warf ihr eine Handvoll Wasser ins Gesicht. Helena hob schützend den Arm. Als sie die Augen wieder öffnete und sich auf den weißen Affen stürzen wollte, saß er nicht mehr an der Stelle, wo sie ihn gerade eben noch gesehen hatte.

Helena stellte sich auf ihre Hinterbeine und drehte sich herum. Ihr Blick streifte durch die schwach beleuchtete Anlage.

Der weiße Schimpanse war fort.

Eine kühle Brise strich durch ihr Fell. Diesmal war es Helena, die Gänsehaut bekam. Sie lief ins Gehege zurück und zu Gogo, der von alledem nichts bemerkt hatte. Sie zog ihn mit einem Arm näher an sich heran und rollte sich mit ihm ein.

Der kleine Gogo beobachtete jeden Tag neidvoll, wie Helena zu den Leuten lief, die das Futter und Spielzeug brachten. Helena grüßte sie und suchte sich seelenruhig die besten Früchte aus der Schale. So viel Mut wie Helena besaß Gogo nicht. Er fraß als Letzter. Dass ihm die Menschen dabei zusahen, mochte er gar nicht. So schnell er konnte, lief er zum Futter, das die anderen übriggelassen hatten, schnappte, so viel er tragen konnte, und verzog sich sofort wieder hinter einen dicken Stamm.

Im Freien kletterte er stets auf eine kleine Plattform. Dort störte ihn niemand. Nur Hadrian und Pünktchen turnten von Zeit zu Zeit zu ihm. Er mochte beide. Hadrian konnte die lustigsten Laute mit den Lippen erzeugen. Manchmal saß er bei Gogo und blubberte und brabbelte vor sich hin. Pünktchen war ein Weibchen, das wie Gogo zu den Stilleren zählte. Sie schlief viel, besonders gern auf der geschützten Plattform. Gogo beneidete Hadrian insgeheim. Das kräftige Männchen beherrschte etwas, das er gern gekonnt hätte.

Manchmal tauchten Menschen an den großen Scheiben auf, die das Außengehege begrenzten. Es waren jedes Mal andere, die von einem Pfleger oder einer Pflegerin begleitet wurden.

Hadrian ging unerschrocken auf die Leute zu.

Er setzte sich ein paar Schritte vor der Scheibe ins Gras und gab seine besten Laute von sich. Außerdem zeigte er seine kräftigen Arme.

Es kamen große Menschen und kleine. Sie deuteten auf ihn und redeten aufgeregt. Alle waren von Hadrian begeistert.

Als Höhepunkt seiner Vorführung warf sich Hadrian auf den Rücken und streckte alle viere in die Luft. Mit einem kräftigen Sprung kam er wieder auf die Beine. Dafür gab es bewundernde Rufe und Applaus. Hadrian genoss es, wenn die Leute ihn bestaunten.

Gogo konnte singen. Keiner der anderen schaffte es, so langgezogene Laute von sich zu geben wie er. Wie gern hätte Gogo sein Können den Menschen, die zu Besuch kamen, vorgeführt.

Menschen machten ihn aber stets argwöhnisch. Er fühlte immer, dass etwas Schlimmes geschehen könnte, wenn er sie sah.

Trotzdem sehnte er sich danach, auch einmal ihre Bewunderung zu bekommen.

Hadrian grunzte wohlig im Schlaf. Er liebte es, wenn ihm jemand den Rücken kraulte.

Untertags tat Hadrian es oft selbst. Er verwendete dazu kleine Stöckchen oder den Wasserschlauch, der im Gehege lag.

Was er nun spürte, war eine Freude für ihn. Finger fuhren kunstvoll und langsam seine Schultern hinab. Sie machten kreisende Bewegungen, kratzten und massierten ihn sanft.

Tat das gut. Hadrian schlug die Augen auf. Er lag mit dem Gesicht zur Wand. Normalerweise war sie um diese Zeit dunkel. Heute aber fiel Licht darauf.

Hadrian sah den Schatten seines liegenden Körpers und darüber die Umrisse eines anderen Affen.

Energisch rollte er sich herum.

»Guten Abend«, grüßte ihn der weiße Schimpanse, der neben ihm saß und seine Finger ausschüttelte. »Bist du mit meinen Kraul-Künsten zufrieden?«

Wer bist du?«, fragte Hadrian.

»Man nennt mich den weißen Schimpansen.«

»Bist du ein Neuer?«

»Ich war schon zweimal hier, aber ich bleibe nie lange.«

Hadrian setzte sich auf und kratzte sich am Kopf.

»Gut«, sagte er.

»Gut, was?«

Es war gut, dass der weiße Schimpanse nicht lange blieb. Er hätte sonst bestimmt viel Bewunderung von den Menschen bekommen, die zu Besuch kamen. Vielleicht würden sie nur noch ihn beachten, weil er so anders war.

Der weiße Schimpanse streckte einen langen Finger aus und ließ ihn über eine Narbe auf Hadrians Brust gleiten. Fragend blickte er ihn an.

Woher stammte die Narbe?

Allein! Schlagartig fühlte sich Hadrian allein.

Wie damals in dem weißen Raum. Er hatte andere Schimpansen gehört, aber nicht gesehen.

Die einzigen Wesen, die er zu Gesicht bekam, waren Menschen, die Futter brachten oder einen der fahrbaren Käfige, in die er steigen musste.

Sie waren aber nicht bei ihm geblieben, sondern hatten ihn nach kurzer Zeit stets wieder verlassen. Hadrian wollte das nicht. Deshalb hatte er gebrüllt und an den Gitterstäben gerüttelt.

Als er einmal besonders laut und wütend war, kam ein Pfleger zu ihm und redete beruhigend auf ihn ein. So hatte Hadrian herausgefunden, was er tun musste, damit jemand auf ihn aufmerksam wurde.

Das Rütteln zeigte aber nicht immer die gewünschte Wirkung. Deshalb hatte Hadrian begonnen, sich mit aller Wucht gegen das Gitter zu werfen, um den Pfleger zu locken. Dabei hatte er sich an der Brust verletzt. Die Narbe war geblieben.

Heute musste er keinen Krach mehr machen. Die Pflegerinnen und Pfleger kamen von allein. Er unterhielt sie, indem er sich Holzwolle auf den Kopf legte oder seine akrobatischen Sprünge zeigte. Hadrian liebte die Aufmerksamkeit.

Der weiße Schimpanse war Hadrian nicht geheuer. Er, Hadrian, war hier der Star. Um den seltsamen Besucher abzuschrecken, fletschte Hadrian die Zähne und schnitt eine Grimasse.

Den weißen Schimpansen beeindruckte das wenig.

»Du hast von mir nichts zu befürchten«, versicherte er ihm. »Meine Aufgabe ist es, euren Wunsch zu erfüllen.«

Hadrian stutzte.

»Was wünschst du dir? Außer, dass ich mich wieder in Luft auflöse. Was ich übrigens auch tun werde.«

Unsicher begann Hadrian auf und nieder zu wippen.

»Überlegt es euch. Ich komme wieder.« Der weiße Schimpanse erlosch wie eine Kerze, die jemand ausblies.

Hadrian gab einen überraschten Laut von sich und weckte damit Helena, die ein Stöckchen nach ihm warf.

Zum Kraulen hätte der weiße Schimpanse bleiben können, dachte Hadrian.

War er wirklich hier gewesen?

Nachdem die Schimpansen zu Mittag ihr Futter bekommen hatten, hielt Gogo ein Nickerchen im Schatten. Er wählte einen Platz in der Ecke, die am weitesten von Scheiben und Toren entfernt lag, weil er nur dort Ruhe fand.

Die Sonne brannte vom Himmel. Im Schatten war Gogo vor ihr geschützt.

Etwas Helles tauchte vor ihm auf. Er konnte es durch die geschlossenen Augenlider sehen.

Zuerst hielt er den leuchtenden Ball für die Sonne. Das Licht bewegte sich aber. Vorsichtig blinzelte er durch die Wimpern. Als er sah, wer vor ihm stand, fuhr er erschrocken in die Höhe.

»Psssst.« Sanft drückte ihn eine Hand auf den Boden zurück.

Vor Gogo stand der weiße Schimpanse.

»Wisst ihr schon, was ihr euch wünscht?«, fragte er.

Gogo starrte ihn an.

Es geht um euren größten Wunsch«, erklärte der weiße Schimpanse. Gogo kauerte vor ihm und strich verlegen über sein rechtes Bein.

»Tut es weh?«, wollte der weiße Schimpanse wissen.

Woher wusste er, dass Gogo manchmal Schmerzen im Bein hatte? An kühlen, feuchten Tagen wurden sie stärker.

Dann konnte es passieren, dass er leicht hinkte.

»Nein. Heute nicht«, antwortete Gogo.

»Was ist da passiert?«

Gogo wusste es nicht genau. Aber manchmal, in der Nacht, wenn er das dumpfe Stechen im Bein spürte, tauchten Bilder in seinem Kopf auf.

Da waren andere Schimpansen. Sehr große Schimpansen. Mindestens zweimal so groß wie er. Gogo fühlte sich geborgen bei den Großen.

Ein Schimpanse nach dem anderen stürzte zu Boden.

Gogo klammerte sich an einen Ast. Hände fassten nach ihm. Rund um ihn wurde es dunkel. Gogo konnte seine eigenen hohen Schreie hören. Er wurde durchgerüttelt. Als wieder Ruhe herrschte, wurde er gepackt. Gogo hatte in einem Sack gesteckt und wurde unsanft in eine Kiste befördert. Jemand hatte vergessen, sie zu schließen.

Sein Instinkt schrie: Flieh!

Er sprang. Hände schlugen nach ihm. Er konnte entwischen, kam aber nicht weit. Gogo wurde am Bein festgehalten und zurückgerissen. Wie ein gigantischer Dorn bohrte sich der Schmerz vom Bein bis in seinen Kopf. Dann verschwamm alles vor seinen Augen. Warm war es dort, wo er wieder zu sich kam. Warm wie im Wald, in dem er gelebt hatte. Aber es gab keine Bäume und kein Dickicht. Nur weiße Wände. Und Menschen in Weiß.

Nun saß ein weißer Schimpanse vor Gogo.
Hatte er mit den weißen Menschen zu tun?

Nein!«, sagte der weiße Schimpanse, als hätte er Gogos Gedanken gelesen. »Ich bin keiner von ihnen.« Er hielt Abstand, damit Gogo nicht in Panik geriet. »Es geht um einen Wunsch, den ich euch erfüllen möchte.«

Schüchtern brachte Gogo seinen größten Wunsch vor. Er wollte den Mut haben, sich den Leuten an der großen Scheibe zu zeigen und seinen Gesang vorzuführen. Er wünschte sich ihre Bewunderung, wie Hadrian sie immer bekam.

Der weiße Schimpanse nickte verständnisvoll.

»Wollen das auch die anderen?«, fragte er. »Ist das euer gemeinsamer Wunsch?«

Nein, das war er bestimmt nicht, wusste Gogo.

»Ihr müsst den Wunsch finden, den ihr alle teilt«, erklärte der weiße Schimpanse.

Ratlos sah ihn Gogo an.

Ich komme wieder«, versprach der weiße Schimpanse. Das Leuchten, das von seinem Fell ausging, wurde so hell, dass es Gogo blendete und er die Augen mit seinen Händen bedeckte. Als er sie wieder wegnahm, war der weiße Schimpanse verschwunden.

Nur Augenblicke später kam Pünktchen und vertrieb Gogo aus der Ecke, weil sie selbst dort ein wenig schlafen wollte. Gogo, noch immer verwirrt von der seltsamen Begegnung, machte ihr Platz. Er war ohnehin wieder hellwach.

Die zarte Pünktchen hatte es sich gerade erst bequem gemacht, als ihr Name gerufen wurde. Sie erkannte die Stimme und wusste, was das Rufen zu bedeuten hatte. Sie sollte gestochen werden. Gehorsam lief sie durch das Tor ins Affenhaus.

Der bevorstehende Stich machte Pünktchen keine Angst, ganz im Gegenteil. Sie war froh darüber, denn er brachte ihr Erleichterung. Ihr Durst war danach nicht mehr so quälend und ihre Arme und Beine waren nicht mehr so schwer. Nach dem Stich fühlte sie sich frischer und munterer.

Die Pflegerin lächelte und lobte Pünktchen dafür, dass sie dem Ruf gefolgt war. Sie musste Pünktchen keine weiteren Anweisungen erteilen. Die Schimpansin wusste auch so, was zu tun war.

In der Wand des Affenhauses war eine kleine Tür geöffnet worden, hinter der ein kurzer Tunnel begann.

Es hatte viele Monate gedauert, bis Pünktchen es zum ersten Mal gewagt hatte, durch den Tunnel zu gehen. Die Menschen, die sich jeden Tag um die Schimpansen kümmerten, hatten aufmunternd auf sie eingeredet und sie für jeden Schritt in die richtige Richtung überschwänglich gelobt.

Der Tunnel endete an einem Gitter, wo stets jemand wartete. Manchmal war es eine Frau, manchmal ein Mann. Alle hatten eines gemeinsam: Sie sprachen freundlich mit Pünktchen und fragten, wo sie an diesem Tag gestochen werden wollte.

Pünktchen zeigte es ihnen. Manchmal deutete sie auf ihre Pobacke, andere Male auf den Arm. Sie hielt den Körperteil nahe an das Gitter und bekam eine schnelle Injektion. Danach gab es wieder viel Lob und immer ein Lächeln.

Als Pünktchen an diesem Tag durch den Tunnel zurück zum Gehege ging, leuchtete vor ihr ein Licht auf. Es war so hell, dass es sie blendete.

Keine Angst«, sagte jemand.

Pünktchen kannte die Stimme nicht.

Das Licht nahm die Gestalt eines Schimpansen mit strahlend weißem Fell an.

»Lebst du auch hier?«, fragte Pünktchen.

»Nein, ich besuche euch nur«, erwiderte der weiße Schimpanse.

»Besuch? Was ist das?«, forschte Pünktchen weiter.

»Ich komme und bleibe nicht lange. Meine Aufgabe ist es, euch einen geheimen Wunsch zu erfüllen.«

Auch was ein Wunsch war, wusste Pünktchen nicht.

Der weiße Schimpanse erklärte es ihr. »Geheim bedeutet, dass nur ihr ihn kennt.«

Pünktchen war verwirrt. »Lass mich durch«, verlangte sie. Die Begegnung wurde ihr unheimlich.

Er machte ihr Platz und sie hastete auf allen vieren an ihm vorbei.

Als sie ins Innengehege gelangte, drehte sie sich um und blickte in den Tunnel zurück. Er war leer. Wo war der weiße Schimpanse hin? Das andere Ende des Tunnels war mit einem Gitter versehen. Es gab keinen Weg hinaus, außer dem, den Pünktchen genommen hatte.

Ein paar Tage später kam wieder Besuch an die große Scheibe des Freigeheges. Die Menschen wurden von einem Mann begleitet, der erzählte und erklärte. Dabei deutete er auf die verschiedenen Schimpansen und nannte ihre Namen. Als er Hadrian erwähnte, stutzte der Mann. Suchend blickte er über die Baumstämme. Hadrian war nicht zu sehen.

»Er wird sich im Innengehege aufhalten«, erklärte er.

In diesem Moment sprang Hadrian vor die Gruppe. Er gab ein lautes »Uff!« von sich, das alle erschrocken zusammenzucken ließ. Vor Vergnügen begann Hadrian zu kreischen und auf- und niederzuspringen. Ihm war anzusehen, wie sehr ihn der gelungene Streich freute. Die Leute lachten.

E COCO

Schlagartig hörte Hadrian mit dem Freudentanz auf und gab mürrische Laute von sich.

Der Mann, der die Gruppe führte, erkannte den Grund: Eine Dame trug eine große Sonnenbrille.

»Bitte abnehmen, die Schimpansen wollen die Augen der Besucher sehen«, sagte er. »Und kein Handy verwenden. Sonst ziehen sich die Affen zurück. Sie finden Handys unhöflich.«

Es gab verschämtes Gelächter.

Hadrian baute sich auf und wartete, bis er die Aufmerksamkeit aller hatte. Dann führte er seinen Sprung vor, für den es wie immer bewundernde Ausrufe gab.

Hinter sich hörte Hadrian schüchternes Schnattern.

Hadrian ging zu einem liegenden Baumstamm und fand Gogo dahinter. Der kleine Schimpanse kauerte dort und blickte wehmütig zu ihm auf.

Die Besuchergruppe setzte sich in Bewegung. Es gab noch eine andere Scheibe, ein Stückchen weiter. Hadrian schlich hin. Als die Menschen davor erschienen, erschreckte er sie zum zweiten Mal. Sein vergnügtes Kreischen tönte durch die ganze Anlage.

Gogo bewunderte ihn so sehr.

Im Haus der Affen waren in dieser Nacht mehr Geräusche zu hören als sonst. Der Vollmond ließ die Schimpansen unruhig schlafen.

Ein Grunzen.

Ein Ächzen.

Gedämpfte Laute, wie man sie nur im Schlaf von sich gab.

Als das Tor aufging, wurde es hell im Haus.

In der Öffnung stand der weiße Schimpanse, dessen Fell noch mehr strahlte als sonst. Er hatte eine Hand vorgestreckt und schwenkte sie beschwörend durch den Raum.

Hadrian war sofort wach. Helena und Gogo auch.

Moritz kam unter der Plattform hervor.

Pünktchen verließ als Letzte ihren Schlafplatz.

»Ich kenne ihn«, gestand Helena.

»Ich auch«, sagte Moritz.

»Ich auch«, flüsterte Pünktchen.

Hadrian nickte nur. Gogo schwieg.

Der weiße Schimpanse deutete ihnen, ins Freie mitzukommen. Da sie ihn alle kannten, folgten sie ihm. Er führte sie an den Teich, wo er sich nahe dem Wasser niederließ.

Die fünf stellten sich im Halbkreis um ihn auf.

»Ich bin hier, um euren Wunsch zu hören«, sagte der weiße Schimpanse feierlich.

»Wassermelonen«, platzte Helena heraus.

»So mutig sein wie Hadrian und vor den Menschen singen«, fiepste Gogo.

»Tu es einfach«, sagte Hadrian. »So wie ich. Stell dich vor sie hin und mach es.«

»Ich traue mich nicht«, gestand Gogo kleinlaut.

Pünktchen schloss die Augen. Sie konnte dann manchmal Bäume und Dickicht sehen, durch das sie getragen worden war. Sie hing am Bauch eines Affen. Sie war klein.

So, wie sie sich damals gefühlt hatte, wollte sie sich wieder fühlen.

Habt ihr euren gemeinsamen Wunsch gefunden?«, fragte der weiße Schimpanse.

Die fünf schwiegen.

Der weiße Schimpanse war überrascht. »Habt ihr euch nicht abgesprochen?«

Nein, niemand hatte sich getraut, den anderen vom Auftauchen des geheimnisvollen Schimpansen zu erzählen. Sie hatten es alle für Einbildung gehalten.

»Wer bist du?«, wollte Helena mit Nachdruck wissen.

Der weiße Schimpanse überging die Frage. »Horcht tief in euch hinein. Ich weiß, dass ihr alle einen Wunsch hegt. Nur wenn ihr ihn aussprecht, kann ich ihn erfüllen. Bei Vollmond muss es geschehen. Beeilt euch. Es bleibt nicht viel Zeit.«

Die Affen redeten durcheinander. Sie rätselten, was der Wunsch sein könnte. Was auch immer die anderen sagten, es wurde von Helena und Hadrian als Unsinn bezeichnet. Die zwei gerieten in einen Streit. Hadrian versetzte Helena einen Stoß. Sie fiel gegen Moritz, der sich empört wehrte und nach ihr trat. Gogo und Pünktchen schlugen die Hände vor die Augen.

Rund um sie wurde es dunkel. Eine Wolke hatte sich vor den Mond geschoben.

Mit einem Schlag verstummten die Affen.

Als die Wolke den Mond wieder freigab, war der weiße Schimpanse verschwunden.

Durch die große Scheibe sahen Menschen in das Gehege. Hadrian marschierte breitbeinig durch das Gras und machte sich bereit für seinen Auftritt.

Gogo kauerte hinter dem liegenden Stamm und spielte nervös mit den Fingern.

Sollte er tun, was ihm Hadrian geraten hatte? Sollte er einfach auch zur Scheibe laufen?

Er hob langsam den Kopf. Im nächsten Augenblick verließ ihn der Mut und er setzte sich wieder.

Hinter ihm kreischte jemand. Es war Hadrian. Er sprang auf und nieder und schubste Gogo, als wollte er ihn zum Spielen auffordern. Weil er nicht aufstand, zerrte Hadrian den kleinen Schimpansen in die Höhe.

Die Menschen vor dem Gehege verfolgten, was die zwei da taten.

Hadrian sprang über den Stamm und lief voran. Auf halben Weg drehte er sich um und rief nach Gogo. Er ging nicht weiter, sondern kreischte laut.

Beide Arme schwingend stand Hadrian da und wartete, bis sich Gogo aus dem Versteck wagte. Als er bei ihm ankam, versetzte ihm Hadrian abermals einen Schubs, der ihn bis knapp vor die Scheibe stolpern ließ.

Er sah, wie sich die Münder der Besucher erstaunt öffneten. Alle starrten ihn an. Gogo wollte davonlaufen, aber Hadrian versperrte ihm den Weg.

Schließlich hob Gogo den Kopf und stieß die langen Töne aus, mit denen er die Pfleger immer zum Klatschen brachte.

Gogo atmete tief durch und sang weiter.

Als er fertig war, blickte er verschämt zu Boden.

Es herrschte Stille.

»Bravo!«, rief jemand.
»Ein singender Schimpanse!«, rief ein anderer.

Hadrian klatschte mit weit ausholenden Bewegungen in die Hände.

Die Menschen machten es ihm nach.

Moritz kam vom Blumenbeet und hielt ein Büschel Kräuter in den Fingern. Pünktchen gab freudige, glucksende Laute von sich.

Helena turnte auf einem Ast heran. Sie sprang zu Boden und lief zu Gogo. Überschwänglich kraulte sie ihn.

Gogos Wunsch hatte sich erfüllt. Er hatte eine Vorführung geschafft, die den Menschen dort draußen gefiel. Sie lächelten und lachten.

Nur ein Mädchen starrte ihn ernst an.

»Wieso ist er so zottig?«, fragte sie die Erwachsenen und deutete auf Gogo.

»Wieso fällt dem dort das Fell aus?«, fragte der Junge neben ihr und zeigte auf Moritz.

»Der große Affe hat eine Narbe auf der Brust«, sagte das Mädchen.

»Kämpfen sie viel?«, wollte der Junge wissen.

Eine Pflegerin tauchte zwischen den Menschen auf.

Die Tierpflegerin erzählte:

Nach meiner Ausbildung habe ich in einem Labor gearbeitet, in dem die Affen für Tierversuche gehalten wurden.

Weil sie uns Menschen ähnlich sind, wurden sie mit Krankheiten infiziert, um neue Behandlungen an ihnen zu testen.

Gehalten wurden sie in vergitterten Kojen. Selbst der Boden bestand aus Gitterstäben, damit ihr Mist durchfällt.

Sie saßen allein in diesen Käfigen. Dabei liegt es in ihrer Natur, in Gruppen zu leben.

Die Tierpflegerin zeigte auf Gogo.

Gogo ist in Afrika zur Welt gekommen.

Wilderer haben ihn von seinen Eltern geraubt und an das Versuchslabor verkauft.

Dabei wurde sein Bein gebrochen.

Während sie erzählte, musste sich die Tierpflegerin immer wieder räuspern.

Meine Kolleginnen und Kollegen waren alle entsetzt, wie grausam die Schimpansen behandelt wurden. Wir wussten, welche Qual für sie das Leben allein in diesen kahlen, kleinen Kojen war.

Dazu kamen die Untersuchungen, die Injektionen und Operationen, zu denen wir die Affen in fahrbaren Käfigen bringen mussten. Ihre Angst war zu spüren.

Wir mussten wegen der Krankheiten, mit denen man die Schimpansen infiziert hatte, weiße Schutzanzüge tragen, die an Raumanzüge erinnerten. Manche Schimpansen sahen unsere Gesichter nur hinter der Schutzmaske.

Am liebsten hätte ich die Schimpansen befreit. Aber das war illegal und ich hätte ihnen auch gar kein neues Zuhause geben können. Einige Pfleger wollten aus Protest gegen die schlechte Haltung der Affen kündigen, haben es aber nicht getan. Wir waren die Einzigen, die sich um sie kümmerten. Außer uns hatten sie niemanden.

Mit dem Putzen und Füttern beeilten wir uns, damit wir danach Zeit für die Schimpansen hatten. Wir sprachen mit ihnen, wir waren für sie da, wir zeigten ihnen, dass sich jemand um sie sorgte.

Die Firma, die das Versuchslabor betrieb, wurde verkauft. Die neuen Eigentümer waren erschüttert von den Zuständen im Labor.

Es wurden Affen-Fachleute aus aller Welt geholt, die helfen sollten, ein neues Leben für die Schimpansen zu gestalten.

Wir, die sie so lange betreut hatten, konnten es kaum glauben. Wir teilten unser Glück mit den Schimpansen. Wir erzählten ihnen, dass sie eine neue Freiheit erwartete. Sie erkannten am Klang unserer Stimmen, dass etwas Gutes geschehen würde, und zeigten ihre Freude.

Die Tiere auszuwildern war unmöglich. Deshalb wurde diese Anlage hier gebaut, wo die Schimpansen ein neues Zuhause gefunden haben, das ihrer würdig ist.

Wir holten uns Rat, wie wir ihnen die Angst vor der neuen, unbekannten Freiheit nehmen konnten. Es dauerte, sie langsam aneinander zu gewöhnen. Sie sollten eine neue Gruppe bilden.

Die Tierpflegerin reckte den Hals.
Sie suchte nach jemandem.

Dort ... die kleine Schimpansin, das ist Pünktchen. Sie ist an Diabetes erkrankt, also der Zuckerkrankheit. Deshalb braucht sie immer wieder eine Injektion. Pünktchen weiß, dass die Spritze hilft, und kommt freiwillig, wenn wir sie rufen. Sie zeigt den Pflegern, wo sie gestochen werden will.

Die Kinder waren entsetzt.

»Die armen Schimpansen! Diese Forscher waren so gemein!«

Die Tierpflegerin nickte.

»Wenn ich an die Zeit im Tierversuchslabor denke, werde ich bis heute traurig und wütend. Für die Pharmafirma und das Forschungsteam waren die Schimpansen keine Lebewesen. Sie dachten nie an die Qual, die sie den Tieren zufügten.«

Die Menschen an der Scheibe schwiegen betroffen.

»Wie Sie sehen können, fühlen sich die Affen in dieser Anlage wohl«, schloss die Pflegerin. »Sie bekommen endlich die Freiheit und Beziehungen, die ihnen so lange vorenthalten wurden.«

Die Gruppe winkte den Schimpansen zu, die im Gras saßen und zu ihnen blickten. Sie hatten die Rede der Pflegerin genau verfolgt.

An diesem Tag machte sich Hadrian nicht die Mühe, die Menschen an der nächsten Scheibe zu überraschen und zu erschrecken. Er konnte nicht. Er dachte daran, wie er im Labor gegen das Gitter gesprungen war, damit eine Pflegerin gelaufen kam. Er fühlte die Verzweiflung von damals. Wut stieg in ihm auf.

Gogo hatte auf seinen Erfolg von vorhin vergessen. Die großen Affen, die er manchmal im Schlaf sah, waren seine Eltern gewesen.

Helena legte sich auf den Boden und schlug die Arme schützend über dem Kopf zusammen. Sie sah vor sich die Leute in den weißen Anzügen auftauchen, die sie früher stumm angestarrt hatten. Helena konnte die Schmerzen der Injektionen von damals fühlen.

Moritz hörte wieder jenes Klirren, mit dem sich die Käfigtür immer geöffnet hatte.

Damals hatte das stets etwas Schlechtes bedeutet. Die Einsamkeit von früher ergriff ihn wie eine kalte Faust.

Ein lockendes Rufen riss die Schimpansen aus den düsteren Grübeleien.

Auf der anderen Seite des Innengeheges stand die Tierpflegerin. Sie hatte ein großes Tablett mit Früchten gebracht, das sie durch eine der Futterklappen in das Gehege stellte. Es gab Spalten von Wassermelonen und Bananen. Außerdem Walnüsse, Erdnüsse und Weintrauben.

Die Pflegerin winkte ihnen zu. Dem Futter konnten die Affen nicht widerstehen.

»Ich habe euch eure Lieblingsfrüchte gebracht«, sagte die Tierpflegerin. Die Erzählung von vorhin hatte auch sie traurig gemacht. Sie wollte nicht nur die Schimpansen aufheitern, sondern auch sich selbst.

Der Genuss, mit dem die Affen die Früchte verzehrten, ließ sie wieder lächeln.

Es war einige Zeit vergangen, seit die Schimpansen ihren weißen Artgenossen zum letzten Mal gesehen hatten. Nun stand der Vollmond wieder am Himmel. Als sich das Tor öffnete, erwachte Gogo. Ängstlich spähte er hinaus.

Kurz darauf wurden auch Moritz, Helena, Hadrian und Pünktchen munter. Gemeinsam verließen die fünf ihre Schlafplätze. Der weiße Schimpanse erwartete sie am Teich.

»Ich hatte so ein Gefühl, als wolltet ihr mit mir sprechen«, sagte er.

Ja, da lag er richtig.

»Sagt euren Wunsch«, forderte der weiße Schimpanse sie auf.

Rache!

Das Einzige, das die Affen wollten, war Vergeltung.

Alle, die für ihre Qualen verantwortlich waren, sollten leiden.

Mindestens so schlimm, wie sie gelitten hatten.

Oder noch schlimmer.

Sie sollten die Einsamkeit fühlen, die Enge, die Trostlosigkeit.

Diese Menschen sollten krank werden.

Was sie den Schimpansen angetan hatten, sollten sie selbst fühlen. Gemeinsam trugen sie ihren Wunsch vor.

Der weiße Schimpanse sah sie wortlos an. Die Schimpansen beugten sich gespannt zu ihm vor. Sie konnten kaum erwarten zu hören, dass er ihren Wunsch erfüllen würde.

Der weiße Schimpanse seufzte und …

… verschwand.

Was hatte das zu bedeuten?
Hatte er ihren Wunsch erfüllt?

Die Tage vergingen.

Gogo zitterte manchmal im Schlaf, wenn Bruchstücke seiner Erinnerungen auftauchten.

Helena drückte ihn fest an sich, wenn sie sein Zittern spürte. Das beruhigte ihn.

Sie selbst fand auch keine Ruhe. Der Zorn, der sie damals im Käfig erfüllt hatte, ließ sie nicht schlafen. Er meldete sich immer wieder.

Moritz, Hadrian und Pünktchen ging es nicht anders.

Alle schrecklichen Gefühle aus der Vergangenheit hatten sich in ihrem neuen Zuhause eingeschlichen. Auch wenn die Zeit im Versuchslabor schon viele Jahre zurücklag, waren Verzweiflung, Angst und Wut tief in ihnen geblieben. Nun bemerkten sie, dass diese Gefühle nie verschwunden waren.

Den Menschen von damals alles heimzuzahlen, erschien den Schimpansen als das beste Mittel, die Schrecken von einst loszuwerden. Hatte der weiße Schimpanse ihren Wunsch Wirklichkeit werden lassen?

Es dauerte bis zum nächsten Vollmond. Erst dann kehrte der weiße Schimpanse zurück.

Die Affen bestürmten ihn mit Fragen. Sie wollten wissen, welche Qualen er den Leuten aus dem Labor zugefügt hatte.

»Keine«, lautete seine Antwort.

»Du hast unseren Wunsch aber erfüllt?«, fragte Helena ungehalten.

»Nein«, erwiderte der weiße Artgenosse.

Enttäuschung stand den Schimpansen ins Gesicht geschrieben.

»Sie haben uns gequält«, erinnerte ihn Moritz.

»Sie haben uns krank gemacht«, sagte Pünktchen.

»Sie haben uns eingesperrt«, sagte Helena.

»Sie haben meiner Familie wehgetan«, sagte Gogo.

»Sie sind grausam und kalt zu uns gewesen«, sagte Hadrian.

»Na und?«, sprach der weiße Schimpanse.
Eine kleine Pause entstand. »Na und?«, wiederholte Helena.
Der weiße Schimpanse nickte.

»Na und?«

Hadrian und Helena wollten sich auf ihn stürzen. Der weiße Schimpanse streckte ihnen abwehrend die Hand entgegen. Die beiden wütenden Affen prallten zurück, als hätte sich eine unsichtbare Wand um den weißen Schimpansen gebildet. Sie konnten nicht zu ihm vordringen.

»Wie kannst du einfach nur ›Na und‹ sagen«, schimpfte die sonst so ruhige Pünktchen.

»Nicht schön«, pflichtete ihr Gogo leise bei.

»Betrüger«, sagte Moritz.

Was wird anders, wenn ihr eure Rache bekommt?«, wollte der weiße Schimpanse von ihnen wissen.

»Es tut gut!«, rief Helena.

»Tatsächlich?«, erwiderte der weiße Schimpanse. »Macht es ungeschehen, was euch widerfahren ist?«

Die Affen schwiegen.

Nein, das tat es nicht, sie wussten es.

»Meint ihr, die schrecklichen Erinnerungen, eure Angst und euer Zorn werden verschwinden, wenn die Menschen leiden?« Der weiße Schimpanse blickte die fünf der Reihe nach an.

Wieder sagte niemand etwas.

Nein, sie würden wohl bleiben.

»Meint ihr, dass ihr eure Verletzungen und Krankheiten los wärt, wenn die Menschen leiden?«

Stille.

»Uns kann gar nichts helfen«, stellte Moritz niedergeschlagen fest.

»Doch!«, sagte der weiße Schimpanse. »Ihr müsst es euch nur wünschen.«

Die Affen rätselten, was er damit meinte. Diesmal stritten sie nicht. Sie hörten einander zu. Der weiße Schimpanse durfte nicht einfach wieder verschwinden.

Pünktchen sprach als Erste. »Ich möchte, dass die Erinnerungen nicht mehr so wehtun.«

»Ich wünsche mir, dass du sie aus uns fortnimmst«, sagte Helena.

»Ja, befreie uns!«, verlangte Hadrian.

Der weiße Schimpanse sah sie ernst an.

»Das also ist euer tiefer Wunsch.«

Die Schimpansen gaben zustimmende Laute von sich.

»Das ist der geheime Wunsch, den ihr alle teilt.«

»Erfülle ihn! Erfülle ihn uns!«, baten ihn die Affen.

»Das kann ich nicht«, sagte der weiße Schimpanse.

Hadrian, Helena, Moritz, Gogo und Pünktchen starrten ihn an.

»Du kannst das nicht?« Moritz wollte es nicht glauben.

»Nein.«

Helena richtete sich auf. Sie hatte genug von ihrem nächtlichen Besucher. Wollte der weiße Schimpanse sie alle für dumm verkaufen?

»Ihr könnt das selbst«, fügte er erklärend hinzu.

»Wie?«, riefen alle fünf gleichzeitig.

»Ihr besitzt die Kraft, die euch erleichtern und heilen wird.«

»Welche Kraft soll das sein?«

Gogo sprang auf und nieder. »Nun sag es uns endlich.«

»Die traurigen Erinnerungen werden verblassen. Auch wenn sie nie ganz verschwinden, werden sie euch nicht mehr so quälen.«

Die fünf Schimpansen klopften ungeduldig auf den Boden.

»Es wird euch besser gehen«, versprach der weiße Schimpanse. »Ihr werdet euer neues Zuhause genießen und tiefe Freude spüren können.«

»Wie? Wie? Wie?«, verlangten die Affen endlich zu erfahren.

»Vergebt!«

»Verzeiht!«,

sprach der weiße
Schimpanse.

»Was?«

»Niemals!«

Die Empörung der Schimpansen war riesig. Das konnte nur ein schlechter Scherz sein.

Ihr weißer Artgenosse wartete, bis sie sich beruhigt hatten.

»Glaubt mir, euer Leben wird leichter werden«, versicherte er ihnen. »Zu vergeben wird euch Ruhe bringen, die stets bei euch bleibt und sogar wachsen kann. Rache an euren Peinigern verschafft euch vielleicht für einen Moment Genugtuung. Die Freude an der Vergeltung ist aber kurz. Die Kraft der Vergebung ist mächtiger und stärkt euch für alle Tage, die da noch kommen werden.« Die fünf Schimpansen kauerten am Teich und versanken in ihren Gedanken.

»Groll bohrt in euch wie ein Wurm«, fuhr der weiße Schimpanse fort. »Wenn ihr die Leute aus dem Labor hasst, so ist dieser

Hass wie ein Gift, das ihr trinkt und von dem ihr meint, es würde sie umfallen lassen. Das tut es aber nicht. Das Gift des Hasses schadet nur euch selbst.«

»Wieso sollen wir vergeben?«, wollte Hadrian wissen. »Wieso sollen die Menschen, die so grausam zu uns waren, nicht fühlen, was wir erlitten haben?«

Weil das, was euch geschehen ist, damit nicht ungeschehen gemacht werden kann«, antwortete der weiße Schimpanse. »Euer Zorn und eure Angst werden dadurch nicht verschwinden.«

An dem, was er da sprach, konnte etwas Wahres dran sein, dachten die Affen.

»Vergeben sollt ihr für euch selbst. Für euer Wohl. Für euren inneren Frieden, den ihr euch so sehr wünscht.«

Im Stillen stimmten die Schimpansen ihm zu.

»Die Gedanken an Rache sind wie ein Käfig ...«

Bei diesem Wort zuckten alle erschrocken zusammen.

»... ein Käfig, aus dem euch die Vergebung befreit.«

»Wie macht man das?«, wollte Pünktchen wissen.

»Wie verzeiht man?«

Der weiße Schimpanse hob die Arme zum Nachthimmel, der von Sternen übersät war.

»Sprecht mir nach«, forderte er sie auf.

Ich vergebe euch, was ihr uns angetan habt.

Ich verzeihe eure Grausamkeit und Dummheit.
Ich lächle euch an, auch wenn ihr anderes verdient,
denn ich lächle für mich.
Mit dem, was ihr getan habt, müsst ihr leben.
Für mich fliegt die Vergangenheit langsam fort,
wie ein schwarzer Schmetterling,
den irgendwann eine Windböe ganz davonträgt.
Ihr alle, die ihr uns so achtlos und kalt behandelt habt,
seid wie Blumen, die verwelken.

Ich sehe euch nicht mehr an, sondern bewundere die neuen
Blumen, die für mich erblüht sind. Ihr seid wie vertrocknete
Kräuter, deren Blätter zerfallen.
Ich aber rieche an den frischen Kräutern, die aus der Erde
gesprossen sind und nach neuem Leben duften.
Mein Zorn war wie eine Kette, die mich an euch gebunden hat.
Ich zerschlage diese Kette mit dem Schwert,
das Vergebung heißt.
Ich gehe weiter. Ich spiele weiter.
Ich habe Freude an allem, was mich heute umgibt.

Zu euch aber drehe ich mich nie wieder um.

Helena, Moritz, Hadrian, Pünktchen und Gogo hatten jeden Satz nachgesprochen. Sie blickten dabei wie der weiße Schimpanse zum Sternenhimmel, als könnten auf diese Weise ihre Worte bis zu den Menschen getragen werden, die sie betrafen.

Licht fiel von oben auf sie herab. Durch das Schwarz der Nacht glitt ein heller Punkt, der langsam zum Mond emporschwebte, bis er schließlich mit der runden Scheibe verschmolz.

Nach und nach fielen den Affen die Augen zu. Sie fühlten einen Windhauch, der über ihre Köpfe strich. Ein Gefühl von tiefer Ruhe breitete sich in ihnen aus.

Als sie die Augen wieder öffneten, war der Tag bereits angebrochen.

Der Platz, wo der weiße Schimpanse gesessen hatte, war leer.

Das Tor zum Freigehege blieb von nun an wieder jede Nacht geschlossen. Der weiße Schimpanse kehrte nicht zurück. Manchmal setzten sich die Schimpansen an den Teich und blickten zum Himmel.

Es tat gut, sich an das zu erinnern, was ihnen der weiße Schimpanse erzählt hatte. Wenn alter Groll in Moritz aufkam, pflückte er eine verblühte Blume, die er in der Erde vergrub. Ihm kam vor, er vergrub damit auch ein Stückchen seiner Angst.

Helena sah Schmetterlingen nach, die durch das Gehege flatterten. Sie dachte an den schwarzen Schmetterling der Erinnerung, den der Wind forttrug.

Gogo und Pünktchen saßen gern beisammen und kraulten sich gegenseitig. Wenn Gogo ein Insekt fand, gab er es Pünktchen zu fressen und umgekehrt. Beide lächelten vor sich hin. Das Lächeln galt ihrem Kummer von einst, der sich nach und nach nicht mehr so hart anfühlte.

Hadrian tobte und kletterte von Zeit zu Zeit durch das Gehege. Er stieß Schreie aus und schnitt wilde Grimassen. Sie galten weder seinen Artgenossen noch den Menschen, die zu Besuch kamen. Moritz wollte damit die Schatten der Vergangenheit erschrecken und Stück für Stück vertreiben.

Einige Wochen später kam wieder einmal eine Besuchergruppe mit einer Pflegerin zum Außengehege. Hadrian führte seine Sprünge vor und Gogo gab eine kleine Affen-Gesangsdarbietung.

Helena überließ Bewunderung und Applaus nicht mehr nur den beiden. Sie ging zur Scheibe und trat vor Hadrian und Gogo. Dann baute sie sich vor den Besuchern auf, stemmte die Hände in die Seiten und warf sich in eine stolze Pose.

Moritz lauerte schon an der nächsten Scheibe. Das Erschrecken dort hatte er übernommen. Pünktchen sah sich alles aus der Ferne an und hatte ihren Spaß.

Während die Besucher begeistert klatschten und über die Schimpansen staunten, blickte die Pflegerin nachdenklich durch die Glasscheibe.

In letzter Zeit scheint es den Schimpansen sogar noch besser zu gehen, dachte sie bei sich. Sie konnte sich nicht genau erklären, woran es lag ...

Geschätzte Leserinnen und Leser,

niemals werde ich die erste Begegnung mit den Schimpansen vergessen. Ich besuchte 2009 den ehemaligen Safaripark mit unserem Gut-Aiderbichl-Gründer Michael Aufhauser.

Es waren die Augen der Schimpansen, die mich besonders gefesselt haben. Es spiegelte sich so vieles darin. Neugierde, Schüchternheit und eine unendliche Traurigkeit. Wir hatten sofort das Gefühl: Wir müssen etwas unternehmen. Wenn wir nicht helfen, was passiert dann mit diesen Lebewesen, die bereits so viel Qual und Leid hinter sich gebracht haben? Es sind Lebewesen, die nie eine Kindheit haben durften. Die als Babys irgendwann in den 1970er-Jahren in Zentralafrika ihren Müttern entrissen wurden, um ein Leben in Isolation und hinter Gittern zu verbringen.

Im Dienste der Menschheit wurden sie mit Krankheiten infiziert. Welche körperlichen und seelischen Narben die Tiere davontragen würden, darüber hat man sich keine Gedanken gemacht.

Nicht alles konnten wir vergessen machen, und doch durften wir ihnen etwas zurückgeben – ein Stück ihrer gestohlenen Freiheit!

Dass sie neue Kraft und Hoffnung schöpfen konnten, merkt man an Hadrians Aufführungen vor unseren Gästen und an Moritz' Liebe zu den Blumen und Kräutern, von denen er sich jede Nacht einen Rosmarinzweig zu seinem Schlafplatz mitnimmt. Man merkt es an Helenas selbstbewusstem Auftreten, an Gogos Verspieltheit und Pünktchens Sanftmut.

Thomas Brezina hat es geschafft, diese Schimpansen einfühlsam zu zeichnen und ihre reale Vergangenheit in das Reich der Fiktion zu überführen. So wird aus den Schicksalen dieser inspirierenden Tiere eine Geschichte über Vergebung und darüber, wie es gelingen kann, neuen Mut zu schöpfen.

Dieses Buch erzählt von einer bewegenden Reise, die uns darüber nachdenken lässt, was wir zu einer Welt beitragen können, in der ein Leben in Frieden und Freiheit für alle Lebewesen möglich ist. Das ist der Grundgedanke von Gut Aiderbichl, seit seiner Gründung vor über zwanzig Jahren.

Ihr Dieter Ehrengruber

Geschäftsführer Gut Aiderbichl

Thomas Brezina

Thomas Brezina ist Geschichtenerzähler der Freude. Seine mehr als 600 Bücher für Kinder und Erwachsene begeistern Menschen in über 35 Ländern. Seit 2017 schreibt er auch Ratgeber über Lebensfreude. Darin gibt er weiter, was ihm geholfen hat, erfüllt und voller Zuversicht zu leben.

»Danke für eine schöne Kindheit«, hört Thomas oft von Leser:innen, die mit seinen Geschichten aufgewachsen sind und sieht dies als die höchste Auszeichnung für sein Schaffen.

@thomasbrezina
@thomasbrezina
@thomasbrezinaofficial

www.thomasbrezina.com